AF190042

Odine Raven, Jahrgang 1970, stammt aus dem Rheingau, wo sie schon als Jugendliche Geschichten und Gedichte verfasst.

Nach dem Abitur studiert sie in Heidelberg Englisch und Physik für das Realschullehramt und ist bis heute als freiberufliche Dozentin und Schulpädagogin tätig.

Sie schreibt seit vielen Jahren Lieder auf Englisch und auf Deutsch und singt in verschiedenen Bandprojekten.

Mit ihrem Mann und ihren drei Kindern lebt sie an der hessischen Bergstraße in der Nähe von Mannheim.

2016 veröffentlicht sie ihren ersten Roman DERIUS aus der Ascalon Saga, gefolgt von Die Kinder des Kain (2016) und Reines Blut (2017).

Außerdem ist von ihr ein Märchen erschienen, Rotkäppchens Lied der Wölfe (2017), sowie der Romantasy-Roman Lilu Zuckerkuss – Der Dämon von Sankt Wendelin (2017).

Die Geister und das Haus

Ein Roman von
Odine Raven
2017

Bibliografische Information der Deutschen Nationalbibliothek: Die Deutsche Nationalbibliothek verzeichnet
diese Publikation in der Deutschen Nationalbibliografie;
detaillierte bibliografische Daten sind im Internet über
dnb.dnb.de abrufbar.

Umschlaggestaltung:
Tim Winkelmann, Erdt ArtWorks GmbH & Co. KG,
Viernheim

Herstellung und Verlag:
BoD – Books on Demand, Norderstedt

ISBN: 9783744830874

Die Geister und das Haus

Inhalt

Die Geister und das Haus

Prolog

Das Haus ruhte zwischen seinen Nachbarn an einer geschäftigen, breiten Straße inmitten des in die Jahre gekommenen Stadtkerns.

Es hatte seit seiner Erbauung gegen Ende des neunzehnten Jahrhunderts nichts anderes getan mit seinen vier Stockwerken unter dem von der Straße aus kaum erkennbaren Dach und den hohen, stukkverzierten Decken in den großzügig bemessenen Räumen.

Großzügig bemessen war auch das Treppenhaus, das sich dem Betrachter gleich nach Betreten der beeindruckenden Eingangshalle ausladend und formvollendet mitten im Herzen der Stadtvilla präsentierte. Wer die unzähligen Stufen zu fegen hatte, wusste sicher um jedes Detail der aufwändig gedrechselten Balustrade und kannte jeden einzelnen der unterschiedlichen Töne, die das blankpolierte Eichenholz an manchen Stellen unter dem Druck von lederbesohlten Füßen knarzend von sich gab.

Es hatten viele Füße Platz darauf.

Die weite, graue Sandsteintreppe vor dem hohen Eingangsportal mit den beiden schweren, bleiverglasten Flügeltüren gab sich dagegen eher schweigsam und wich nur allmählich, im Laufe vieler Jahrzehnte, unter der Abnutzung durch allerlei Schuhwerk mit immer abgerundeteren Kanten vor dem ehemals durchaus gepflegten, straßenseitigen Gärtchen und dem kurzen Weg darin zurück.

Dies alles ist natürlich viel zu gewöhnlich und nicht weiter bemerkenswert. Niemand würde sich je die Mühe machen, mehr als fünf oder sechs, vielleicht auch siebzehn oder achtzehn wohlmeinende Worte über ein sicherlich recht hübsches, doch ansonsten eher unspektakuläres, altes Gebäude zu verlieren.

Allein, da gab es die Bewohner.

Mieter allesamt, jung, alt, buntgemischt. Familien, Paare, Alleinstehende, zumeist wohlhabend und durchweg europäisch anmutend, mit lediglich einer bescheidenen Ausnahme in Person eines aus dem fernen China stammenden Kindermädchens.

Nicht diese Bewohner sind es, die einen aufhorchen lassen. Nein, es sind ihre seltsamen Geschichten! Nur wenige davon haben sie überhaupt erzählt, mithin die meisten werden sie für sich behalten haben!

Aus gutem Grund.

Denn wer glaubt schon an Geister?!

Ganz ehrlich – wem würde man sich anvertrauen wollen, wenn einem Übersinnliches widerfährt?!

Doch genau dies scheint in jenem altehrwürdigen Haus in der belebten Straße mitten in der Stadt wieder und wieder zu geschehen, bis zum heutigen Tage gar, und ehe der vernunftbegabte, aufgeklärte Leser sich in seinem Intellekt beleidigt lieber realeren Dingen zuwendet, sei an dieser Stelle zumindest ansatzweise angedeutet, dass hinter der schmucken Fassade weder ein pöbelnder Poltergeist sein Unwesen trieb, noch sonstige bluttriefende, grauenhafte Horrorszenarien abliefen.

Die Geister des Hauses beschränkten sich vielmehr darauf, nur dann in Erscheinung zu treten, wenn die Menschen, die das Haus zärtlich mit seinen massiven, steinernen Wänden umgab, um ihnen ein Heim zu sein, in unheilvolle, gar gefährliche Umstände gerieten.

Dies ist die unglaubliche Geschichte jenes gespenstischen Gemäuers und derer, die dort ein- und ausgingen und so manche wundersame Begegnung hatten.

Madame Gertrude de Burgh war bereits ihr halbes Leben Mieterin des Penthouses hoch oben unter dem Dach. Sieben Räume, bis auf den schmalen Streifen einer Dachterrasse zur Straße hin quer über die gesamte Fläche des Grundrisses der alten Stadtvilla verteilt, ermöglichten ihr ein komfortables Leben in allem erforderlichen Luxus, doch war es ihr erst vor wenigen Jahren in den Sinn gekommen, hier endgültig Quartier zu beziehen, nachdem sie früher im Wechsel der Jahreszeiten auch den jeweiligen Wohnort gewechselt und sich in anderen großen Städten überall auf dem Globus in ihren dortigen Appartements oder Villen für die Dauer ihres Beliebens niedergelassen hatte.

Möglich war ihr dies dank ihres geerbten Vermögens, welches ihr Ehemann, ein erfolgreicher Industriemagnat, ihr mit seinem frühzeitigen Ableben zur Verfügung gestellt hatte.

Kinder hatte sie keine, wollte sie auch nie, weil sie die meisten Menschen ohnehin nicht leiden mochte, und da sie sich mit ihrem Geld jede Art von Gesellschaft auf Zeit leisten konnte, vermisste sie auch nichts.

Nun, mit den Jahren schlich sich eine gewisse Monotonie in Madames Leben, man konnte es sogar fast schon Langeweile nennen. Nein, wenn sie ehrlich zu sich selbst war – was selten der Fall schien – handelte es sich um eine tiefgreifende, altersbedingte, akute Form der Einsamkeit.

Mit ihren weit über achtzig Jahren hatte sie die meisten ihrer sogenannten Freunde überlebt, und die einzigen atmenden Geschöpfe in ihrer unmittelbaren Nähe waren bald nur noch die Zofe und die Köchin sowie eine betagte, schneeweiße Angorakatze, welche auf den Namen Bianca genauso wenig hörte wie auf alle anderen Bezeichnungen.

Die Köchin erschien jeden Tag pünktlich um halb elf zur Arbeit und floh genauso pünktlich sieben Stunden später zurück in ihr weitaus einladenderes Heim.

Die arme Zofe musste schon früh morgens ihren Dienst antreten und Madame das Frühstück richten, den Haushalt versorgen und die alte Dame bei Laune halten. Dafür bekam sie dann den Nachmittag frei, doch nur um vor dem Abendessen erneut zu erscheinen und ihr bei allen anfallenden Bedürfnissen hilfreich zur Seite zu stehen.

Ab und zu tauchten verschiedene aufgeplusterte, unbedeutende Höflinge oder, mithin noch nervtötender, armselige, hoffnungslose Bittsteller im eleganten Salon des Penthouses auf, um Madames kostbare verbliebene Zeit auf dieser Erde mit ihren Belanglosigkeiten zu verschwenden.

So auch an diesem Abend.

"Christine, Sie langweilen mich. Warum kommen Sie nicht einmal mit etwas wirklich Aufregendem zu mir", rügte Madame de Burgh gerade ihren heutigen Gast, eine junge Frau mit notgedrungen manierlicher Frisur und einem unstillbaren Bewegungsdrang, der sie zu wilden Gesten und heftigen Gefühlsausbrüchen nötigte.

"Aber Madame, so bedenken Sie doch", ereiferte sich Christine sogleich, "die Kinder haben eigens das Stück einstudiert und können es nicht abwarten, es Ihnen zu präsentieren!"

"Jaja. Langweilig. Unbegabte Kinder, die ihren Text stümperhaft herunterleiern, wenn sie sich überhaupt dran erinnern, und ansonsten nichts sehnlicher begehren als einen dicken Batzen meines hart erarbeiteten Vermögens!"

"Madame! Das ist nicht wahr, die Kinder lieben Sie! Sie haben wochenlang mit viel Hingabe und unermüdlichem Fleiß Szene für Szene einstudiert und wie oft gesagt, 'wenn Madame de Burgh dies sieht, was wird sie so entzückt sein!' Was wissen die armen Kleinen denn schon vom Geld! Allein die Freude, die sie Ihnen damit machen wollen, ist ihr Antrieb!"

"Wenn's nur so wäre, Christine, wenn's nur so wäre. Nein, ich muss Sie enttäuschen. Ich sehe mich heute Abend außerstande, das Haus zu verlassen. Das Alter fordert einen Tribut, den Sie sich nicht ausmalen können."

"Madame, wir haben alles für Ihren Komfort getan! Karl kommt mit dem Automobil und fährt Sie direkt zur Schule! Und denken Sie nur, wie sehr Sie sich amüsieren werden! Sie werden lachen und einen Spaß haben! Das vertreibt doch jede Kümmernis aus dem Leib!"

"Wir reden darüber, wenn *Sie* Ihr neuntes Jahrzehnt bestreiten, meine Liebe. Wer garantiert mir den versprochenen Spaß? Ich hatte lange Zeit Gelegenheit, einen exquisiten Geschmack zu kultivieren!"

"Ach Madame, wenn es das nicht ist, womit ich Sie begeistern kann, so überlegen Sie doch, welchen langanhaltenden, wunderbaren Segen Sie mit Ihrer Anwesenheit am heutigen Abend und mit ihrer gnädigen Zuwendung bewirken können - wir könnten Bücher kaufen, Schiefertafeln oder gar Papier! Die Buben bekämen einen Ball aus richtigem Leder und die Mädchen Wolle zum Stricken! Unzählige Leben könnten Sie verbessern, in ertragreiche Bahnen lenken, und alle würden bis zum Ende ihrer Tage sagen, 'das verdanken wir alles der lieben Madame de Burgh, die unsere Schule gerettet hat!' Ist das nicht wunderbar?!"

"Christine, Ihren Eifer und Ihre Überredungskünste in Ehren … aber heute ist mir wirklich nicht danach. Ich wünsche Ihnen einen halbwegs erträglichen Abend, und kommen Sie doch wieder, wenn Sie mir etwas wirklich Interessantes zu unterbreiten haben."

Die junge Frau seufzte resigniert und erhob sich von dem edel bezogenen Besucherstuhl.

"Wenn Sie es sich vielleicht doch anders überlegen sollten … also Karl wird trotzdem mit dem Automobil da sein, so gegen sechs. Vielleicht haben Sie ja doch noch Lust …", plädierte sie betrübt.

Madame de Burgh nickte gnädig und ließ keinen Zweifel aufkommen, wie abwegig diese Idee war.

Mit einem gelangweilten Winken war Christine entlassen.

Minutenlang starrte die alte Dame in den Raum, der nun mehr als nur leer war. Bianca hievte sich schwerfällig auf das teure Sofa und drapierte sich über Frauchens Schoß. Doch mehr als ein geistesabwesendes Tätscheln mit der welken Hand bekam sie nicht, weshalb sie sich bald müde auf einem Kissen zum Schlafen zusammenrollte.

Es klopfte an der Tür, und die Zofe mit den langsam ergrauenden Locken unter dem adretten Häubchen trat resolut in den Salon.

"Madame?" Kein Benehmen, die Gute!

"Giselle, wenn Sie sich die Mühe machen zu klopfen, so warten Sie doch wenigstens, bis ich Sie hereinbitte."

"Gewiss, Madame", ließ sich Giselle, die offenbar nicht so leicht zu beeindrucken war, nicht aus der Ruhe bringen, "ich wollte auch bloß fragen, ob Sie jetzt das Abendessen einzunehmen wünschen. Es wäre angerichtet."

Anstelle einer Bestätigung hob Madame lediglich ihre Hand, und die Zofe eilte sogleich dienstbeflissen zu ihr, um sie daran in die Höhe zu ziehen.

"Langsam, Giselle, Sie brechen mir ja alle Knochen!", beschwerte sich die alte Dame grundlos und griff dennoch den dargereichten Arm, an dem sie sicher in das benachbarte Speisezimmer geleitet wurde.

Schweigend und lustlos nahm sie ihr Abendbrot zu sich und ließ Giselle bald abräumen.

"War alles recht, Madame?"

"Jaja ... sind die Rosenheims noch immer im Urlaub?", erkundigte sie sich unvermittelt. Nun, ihre Gedanken mochten beim Essen zu den wohlhabenden Mietern im Stockwerk unter ihr abgewandert sein.

"Ja, Madame. Sie wissen doch, dass sie über Weihnachten im Süden bei ihren Freunden sind."

"Natürlich. Über Weihnachten ... und die Harringtons?"

"Oh, die sind da. Also außer heute Abend, falls Sie das meinen. Sie wollten sich die Aufführung in der Schule ansehen. Mister Harrington tut, was er kann, um die Kinder zu unterstützen."

"Die Kinder ...", grummelte Madame missmutig.

"Madame? Dürfte ... dürfte ich vielleicht auch ... mein Neffe spielt bei dem Stück mit, und ich würde so gerne ... ich habe schon alles für Sie gerichtet, und ich könnte auch danach noch einmal vorbeikommen, wenn Sie es wünschen!"

"Jaja, gehen Sie. Und ersparen Sie mir um Himmels willen jeden Bericht über diese Aufführung!"

"Vielen Dank, Madame! Einen schönen Abend wünsche ich Ihnen, vielen, vielen Dank!"

Kurz darauf war die geräumige Wohnung endgültig leer.

Madame de Burgh schlurfte langsamen Schrittes zurück in den Salon, wo Bianca noch immer auf dem Sofa lag und schlummerte. Auf einem Tischchen am Fenster stand das betagte Grammophon des verstorbenen Gatten, das seinerzeit ein wahres

Vermögen gekostet hatte. Mit geübten, wenn auch zittrigen Handgriffen legte die alte Frau eine der Schellackplatten auf, setzte sich in den beistehenden Ohrensessel, schloss die Augen und lauschte den Liedern aus jener längst vergangenen Zeit, da sie jung und quicklebendig gewesen war, die Welt bereist und auf Bällen getanzt hatte.

Nun darbte sie hier oben in ihrer einsamen Penthousewohnung, die den Namen eigentlich gar nicht verdiente, und haderte mit sich selbst, dass sie je hier eingezogen war. Der Vermieter hatte seinerzeit versprochen, einen Fahrstuhl einbauen zu lassen, aber irgendwelche merkwürdigen Umstände, zu denen er dann keine weiteren Auskünfte erteilen wollte, hatten dies verhindert. Ein Mietnachlass war alles, was das gescheiterte Projekt ihr beschert hatte. Als ob sie sich von dem ersparten Geld ihre Gesundheit und Jugend zurückkaufen konnte!

Das Grammophon war verstummt. Müde zog sie es wieder auf und setzte die Nadel auf den Anfang der Platte zurück. Noch einmal der Vergangenheit lauschen.

Lautes Kinderlachen riss Madame aus ihrer Kontemplation. Nanu? Sie musste eingeschlafen sein. Die Musik war verklungen. Hatte sie geträumt?

Nein, ganz deutlich war es zu hören! Das mussten eine ganze Menge Kinder sein, die da ungeniert irgendwo im Haus herumtollten und sich nicht darum scherten, ob sie eine arme, gebrechliche Frau damit belästigten!

Allein, welche Kinder?!

Die der Harringtons waren sicherlich mit ihren Eltern zur Schule gefahren, obwohl sie selbst an einer Privatschule unterrichtet wurden. Die einzigen, die sonst noch hin und wieder zu Besuch kamen, waren die Nichten und Neffen der Rosenheims, die aber gerade im Ausland weilten.

Trampeln auf der Treppe! Hoch und runter! Lautes Gelächter und Hoh-Rufe aus jungen Kehlen! Frechheit!

Und niemand da, der ihnen Einhalt gebot!

Verärgert stemmte sich die alte Dame hoch und schlurfte zur Tür. Im Flur war der Lärm noch deutlicher zu hören.

Er begleitete sie, während sie mühsam den Weg zur Eingangstür fand.

Sie hatte sie kaum geöffnet, da krachte unten die Haustür ins Schloss. Vorbei der Spuk.

Vorsichtig tappte sie zur Brüstung am Treppenabgang und spähte in die Tiefe. Im Dämmerlicht war nichts zu erkennen.

"Hallo?", rief sie zaghaft und wandte den Blick schnell wieder ab, ehe ihr schwindlig wurde.

Keine Antwort. Niemand da.

Nun, dann mochte jetzt Ruhe einkehren.

Zurück im Salon ließ Madame de Burgh sich entkräftet in ihren Sessel fallen. Bianca hob kurz den Kopf, blinzelte und döste wieder ein.

Vielleicht sollte sie die Platte noch einmal hören; die Musik hatte sie so wunderbar entspannt.

Doch ehe Madames Hand das Grammophon auch nur berühren konnte, erschallte erneut Kinderlachen aus dem Treppenhaus!

So eine Unverfrorenheit! Wie konnte man es einer alten, gebrechlichen Dame zumuten, noch einmal aufzustehen und den beschwerlichen Weg vor die Tür zu nehmen! Woher kamen diese Kinder? Ob sie auf der Straße spielten? Dann mussten sie von der schmalen Terrasse aus zu sehen sein.

Ächzend erhob sich Madame de Burgh und schlurfte zur Terrassentür. Die beiden deckenhohen Flügeltüren ließen sich mit Mühe öffnen. Sofort quollen ein Schwall frischer Luft und das geräuschvolle Leben der Stadt in den verschlafenen Salon.

Hier draußen war sie schon lange nicht mehr gewesen ...

Mit ausgestreckten Armen näherte sie sich der gemauerten Balustrade, die von einem eisernen Handlauf verziert wurde.

Fest daran gekrallt wagte sie den Blick in den Abgrund. Am Gehweg vor dem Haus parkte ein Automobil. Das musste Karl sein, der hier auf sie wartete. Hatte er am Ende diese ungezogenen Kinder mitgebracht? Um sie zum Mitkommen zu überreden?

"Karl?", mühte sich die alte Dame zu rufen, doch ihre Stimme war zu schwach. Wie sollte der Mann in seinem Gefährt sie da unten hören, wenn nicht einmal die geschäftigen Fußgänger aufblickten?

Es half alles nichts - wenn sie dem Lärm ein Ende und ihrem Unmut Luft machen wollte, musste sie die Treppe hinabsteigen.

Sie quälte sich zurück ins Haus, durchquerte den Salon und den Flur und stemmte mit schwindenden Kräften die Wohnungstür auf.

Das anhaltende Lachen bewog sie, zur Treppe zu gehen.

"Eins zwei drei im Sauseschritt ...", ertönte ein vergnügter Abzählreim, den sie schon längst vergessen hatte, "gehen alle Kinder mit! Gertrude ist jetzt an der Reih' und läuft an uns vorbei!" Und ein heiteres Rufen zeugte von dem Spaß, den man unten in der Eingangshalle gerade hatte.

Das war zu viel für Madame de Burgh.

Beherzt fasste sie an das Geländer und stützte sich ab.

"Wollt ihr wohl Ruhe geben da unten!"

Doch die Kinder dachten nicht daran.

"Spiel mit uns!", rief eine Stimme und ließ offen, wer damit angesprochen sein mochte.

"Na wartet!" Mutig geworden vor Entrüstung setzte sie einen Fuß auf das knarzende Holz der ersten Stufe. Schritt für Schritt wagte sie sich weiter abwärts, alle vier oder fünf Stufen innehaltend um ein wenig auszuruhen, und dann erneut weiter, angestachelt von dem ungehobelten Benehmen der Lausebengel und -gören im Foyer.

Sie hatte bald die dritte Etage hinter sich gelassen, ehe sie sich überhaupt Gedanken machen konnte, wie sie jemals den beschwerlichen Weg zurück hinaufsteigen sollte.

Allmählich wurden die Stufen immer ausgetretener; je weiter unten, desto mehr Menschen benutzten sie schließlich Tag für Tag und trugen mit ihren Schuhsohlen bei jedem Schritt hauchdünne Schichten des Holzes ab.

Trotzdem ließ Madame de Burgh sich nicht beirren.

Sie konnte die Kinder, die da spielten und lärmten, zwar nicht sehen, aber zu hören waren sie dafür ganz deutlich.

Noch eine Etage, bald hatte sie es geschafft.

Da geschah es! Eine rundgeschliffene Planke gab kaum merklich, doch mit lautem Ächzen dem wackligen Tritt der alten Dame nach. Diese meinte gerade, der Boden würde ihr unter den Füßen weggerissen, und geriet erst ins Wanken, dann, aufgrund ihrer fragilen körperlichen Verfassung, in immer heftigeres Taumeln, und als sie mit rudernden Armen hilflos einen Halt suchte und nicht fand, schien ihr Sturz unvermeidbar!

Wie immer in solchen Gefahrensituationen verlangsamte sich auch hier der Lauf der Zeit, und Madame de Burgh konnte sich ausführlich über die nächsten drei oder vier Sekunden Gedanken machen – sie würde aufschlagen, weiter die Stufen hinabpoltern, sich spätestens auf dem Absatz das Genick brechen und dann leblos da liegen, bis man sie fand! Dies war das Ende! So starb Madame Gertrude de Burgh! Sie kniff die Augen zu und ergab sich verzweifelt in ihr trauriges Schicksal ...

Da umschloss etwas Kaltes ihre wild in der Luft um sich schlagende Hand und hielt sie fest! So fest, dass der Sturz augenblicklich abgewendet wurde und sie mit zitternden Knien einen halbwegs festen Stand auf der unfallträchtigen Stufe fand!

Als sie es wagte, die Augen zu öffnen, blickte sie geradewegs in das freundliche Gesicht einer jungen Dienstmagd, die sie schweigend anlächelte. Ihr blondes Haar war ordentlich geflochten und um den Kopf gelegt; darauf festgesteckt saß eine Haube, wie sie längst aus der Mode gekommen war, genauso wie das schwarze, lange Kleid der Bediensteten, das von einer sauberen, weißen Schürze vor nicht vorhandenem Schmutz bewahrt wurde.

Gertrude war viel zu fassungslos, um auch nur ein Wort sagen zu können! Sie war gerade dem Tode entronnen!

Gebannt starrte sie in die strahlenden Augen der noch immer schweigend lächelnden jungen Frau, die sie nun behutsam mit der anderen Hand an der Schulter fasste, um sie so wohlgeschützt in ihren Armen sicher die restlichen Stufen hinabzuführen.

Das Foyer war ansonsten menschenleer. Gertrude bemerkte es nicht einmal, so sehr war sie von dem Auftauchen der Unbekannten überrascht.

Erst ein Knacken aus Richtung der Haustür brach den Bann.

Die alte Dame fuhr erschrocken zusammen, doch da war nichts.

"Haben Sie ...?!", fand sie endlich doch ihre Sprache wieder und drehte sich zu ihrer Retterin herum.

Aber da war auch niemand.

Gertrude erstarrte! Eben war hier doch noch ...

Aus dem Dämmerlicht tauchte erneut die schmale Gestalt der jungen Dienstmagd auf. In ihren Händen hielt sie Gehstock, Mantel und Hut der alten Dame, die sie ihr mit angedeutetem Knicks zu reichen gedachte. Woher hatte sie so schnell ...

Völlig perplex ließ sich Gertrude in den Mantel helfen und den Hut aufsetzen.

Die Magd reichte ihr schweigend den Stock und öffnete ihr die Tür, noch immer liebevoll um ihr Wohl besorgt.

"Haben Sie hier spielende Kinder gesehen?", fiel es Madame ein, doch die Frau sah sie bloß an und lächelte.

Dafür schien es aus allen Ecken, von den getäfelten Wänden, den hohen Stukkdecken und den Fugen zwischen den schachbrettgemusterten Bodenfliesen nur so zu wispern und zu raunen, "einen schönen Abend noch, Madame, genießen Sie die Aufführung, haben Sie recht viel Spaß und grüßen Sie die Kinder ..."

Sie traten beide auf die steinerne Treppe vor der Haustür, von wo es nur noch wenige Meter bis zum Automobil waren.

"Madame!", erkannte Karl die betagte Mäzenin und eilte ihr entgegen, "Warten Sie! Ich helfe Ihnen die Treppe hinunter! Passen Sie auf, es kann glatt sein!" Er war vor ein paar Minuten ausgestiegen, um eine Zigarette zu rauchen.

Die Magd übergab die noch immer zitternde Hand der alten Dame an den kräftigen Mann und wich zurück ins Dämmerlicht der Eingangshalle.

"Danke! Haben Sie vielen Dank!", fiel es Gertrude endlich ein, sich bei ihrer Lebensretterin zu bedanken. Sie konnte gerade noch so das liebe Gesicht im Halbdunkel ausmachen.

"Kein Problem, Madame, gar kein Problem", antwortete stattdessen Karl, "da werden sich die Kinder aber freuen, dass Sie doch noch kommen! Wir alle, Madame!"

Sie starrte ihn verwirrt an.

"Wissen Sie, wer die junge Frau eben war?", erkundigte sie sich verunsichert.

"Welche Frau?", entgegnete er ahnungslos und folgte ihrem Blick.

Sie zögerte. "Waren da Kinder im Haus?", fragte sie anstelle einer Antwort.

"Also ich hab' keine gesehen", erwiderte er, "die sind ja auch alle in der Aula und stimmen sich auf ihren großen Abend ein. Kommen Sie, ich helfe Ihnen beim Einsteigen."

Madame de Burgh nahm auch seine hilfreich dargebotene Hand entgegen, eine warme, kräftige Hand, die sie sicher zum Wagen geleitete und ihr beim Erklimmen der Karosse half.

Das Automobil fuhr an und rumpelte die Straße hinab, dem lustigen Abend für die Geldgeber der heruntergekommenen Schule entgegen.

Madame de Burgh schaute noch lange nachdenklich aus dem Fenster, bis das Haus aus ihrem Sichtfeld verschwand.

Die Liebenden

Florence deckte den Tisch. Feines Porzellan, edles Silber, gestärkter Damast, Kerzenleuchter und samtbezogene Stühle im eleganten Speisezimmer der linken Wohnung auf der Beletage.

Candlelight Dinner für Zwei, wie romantisch!

Gut dass die Herrschaften verreist waren und die somit für viele Wochen leerstehende Wohnung ihrer Obhut anvertraut hatten!

Sie wollte, dass nachher alles perfekt war.

Sie hatte eingekauft, gekocht und gebacken, den Champagner in den Eisschrank gestellt – so etwas besaßen die Herrschaften nämlich – staubgewischt und Fenster geputzt und in fast allen Räumen Parfum versprüht.

Sie wollte es ihm heute sagen. Ihm, dem wunderbaren, einfühlsamen, gutaussehenden, aufstrebenden Bankangestellten Bradley, in den sie sich kurz nach ihrer Begegnung in einem Tanzlokal vor wenigen Wochen unsterblich verliebt hatte.

Natürlich erwiderte er ihre Gefühle! Beteuerte wie oft, dass sie schöner sei als jede andere Frau, der er je begegnet war – seine eigene eingeschlossen – und darüber hinaus so unglaublich klug! Auch sie würde sicher noch Karriere machen und es zu etwas bringen, dessen war er gewiss, und was er für sie empfand, ließ sich überhaupt gar nicht in Worte fassen!

Lediglich in Taten zu zeigen vermochte er es, zumeist im Automobil seines Schwiegervaters, einmal auf dem Heimweg durch den nächtlichen Park und immer wieder, wenn Florences Herrschaften nicht zuhause waren, auch dort, im Salon, oder in ihrer bescheidenen Kammer, doch am liebsten im Bett der reichen Arbeitgeber.

Die feudale Umgebung stand ihm außerordentlich gut, und er gab auch ihr das Gefühl, eine vornehme Dame zu sein.

Gemeinsam würden sie es schaffen! Florences Fleiß und seine Genialität würden auch ihnen schon bald den Zugang zur besseren Gesellschaft sichern.

Wenn da nicht Agatha gewesen wäre ...

Er liebte sie gar nicht! Hatte lediglich seinem obersten Chef und heutigen Schwiegervater einen Gefallen getan, als er das blasse, kränkliche Mädchen ehelichte, weil keiner sie haben wollte und sie sich doch so sehr einen Gefährten zum gemeinsamen Lesen und Theatergehen wünschte!

Die Zeiten waren hart, was hätte er anderes machen sollen?! Sah doch ganz nett aus, solch ein goldener Ring am Finger! Der Arbeitsplatz war ihm somit sicher, und im Theater gab es genügend Zerstreuung, denn Bradley liebte es, in edles Tuch gewandet den Damen den Kopf zu verdrehen, ohne einen Penny dafür ausgeben zu müssen.

Agatha schien es überhaupt nicht zu bemerken, wie die Frauen ihm zu Füßen lagen, und beklagte sich auch sonst nie über ihre fruchtlose Ehe.

Aber nun war alles anders.

Nun war da die Liebe! Bradley und Florence, die zueinander gehörten, füreinander geschaffen waren, die – den modernen Zeiten sei Dank – lediglich ein paar Dinge zu klären und wohl auch Schriftstücke zu unterschreiben hatten, und dann würde ihnen die Zukunft gehören!

Ah, der Vogel im Ofen! Fast hätte sie vergessen, nach dem Hauptgang zu schauen!

Florence eilte in die Küche und öffnete die Klappe des Backofens. Wie das duftete! Irgendwann würde sie nicht mehr selbst den Braten richten, sondern ihre Köchin, und dann würde Bradley an der Tafel mit dem weißen Leinen das scharfe, lange Messer nehmen und den Puter tranchieren für sie und ihre erlesenen Gäste und das liebe Kind, das mit ihnen am Tische sitzen würde ...

Beim Gedanken an ihren Geliebten, der das Fleisch wie ein edler Gutsherr zerteilte, wurde es Florence ganz warm ums Herz, oder vielmehr etwas tiefer, da, wo Bradleys Berührung ihr Leben für immer verändert hatte ...

Sie würde nachher ganz genau hinschauen und den Moment genießen, wenn er mit dem Messer durch das saftige Fleisch schnitt ...

Seine Position in der Bank war ja gesichert. Man kam dort ohne ihn nicht aus, ob er nun mit Agatha verheiratet war oder nicht, das musste auch sein Chef einsehen.

Und wie würde sich Bradley freuen, dass es nun einen Grund gab, das freudlose Band zwischen ihm und seiner Ehefrau endlich auflösen zu können ... und über den Grund selbst noch viel mehr!

Ihre eigenen Herrschaften mussten sich dann eben bald nach einem neuen Dienstmädchen umsehen, denn sie würde unmöglich weiter hier arbeiten können.

Die Glocke an der Wohnungstür läutete majestätisch.

Bradley!

Florence flog durch den Flur und riss die Tür auf.

"Bradley!"

Statt einer Begrüßung zog der selbstbewusste junge Mann das Mädchen an sich und drückte ihr noch beim Betreten der Wohnung einen unanständigen Kuss auf die bereitwillig geöffneten Lippen.

Fast schien es, als wolle er sie an Ort und Stelle von seiner unendlichen Liebe für sie überzeugen, doch dann streifte der Duft aus der Küche seine feine Nase.

"Mein Täubchen, hast du etwas Gutes gekocht für deinen Liebsten?", raunte er unwiderstehlich.

Florence kicherte verlegen, nachdem sie nun zumindest wieder Luft bekam, und stupste mit dem Fuß die schwere Tür zu.

Die Nachbarn brauchten ja nicht alles zu wissen.

"Komm!", nahm sie ihn an der Hand und zog ihn voller Vorfreude ins Speisezimmer.

Er grinste und betrachtete das Bild, das sich ihm bot.

"Da hast du dir aber Mühe gemacht!", lobte er sie schelmisch.

"Ach was, das ist doch nur recht!", rückte sie ihm den Stuhl hin, damit er sich darauf niederließe.

"Warte kurz!", und weg war sie, um den Champagner zu holen.

Bald darauf saßen sie beide auf dem Stuhl – Florence auf Bradleys Schoß – und küssten sich voller Hingabe, nachdem sie sich gegenseitig fast die halbe Flasche des perlenden Getränkes unter verliebtem Gurren und Kichern eingeflößt hatten.

"Oh Florence, du bist so ... *wunderbar* ...", hauchte er ihr ins Ohr und führte dann seinen Mund weiter in ihren Nacken, um sie dort höchst unkeusch abzulecken.

"Bradley!", wand sie sich vergnügt unter der Berührung, weil es so toll kitzelte, und hielt ihn dennoch fest, damit er ja nicht auf die Idee käme aufzuhören.

"Gibt's auch Nachtisch?", flüsterte er, ohne die Lippen merklich von ihrer Haut zu nehmen, und schob ihren Rock in die Höhe, um mit ihren Strumpfhaltern zu spielen.

"Hast du Hunger?", wusste auch sie, wie man Begierde weckte.

"Ich könnte dich fressen!"

"Erst die Suppe!", gab sie bekannt und werkelte sich aus seiner Umklammerung.

Er sah ihr gefällig hinterher, als sie sich aufmachte, die vorbereitete Porzellanterrine zu holen.

Beim Essen bemühten sie sich dann doch um etwas mehr Haltung, denn sonst wäre die köstliche Potage kalt geworden.

Erst der Zwischengang bestand erneut aus innigsten Liebkosungen, und während Florence auf dem Rücken auf der Tafel liegend Bradleys Liebesbeweise über sich ergehen ließ, spürte sie nicht nur, wie sehr er sie begehrte, sondern auch, dass der Moment bald gekommen sein musste, an dem sie ihm ihr größtes Glück überhaupt offenbaren würde.

Mit Mühe gebot sie ihm Einhalt, und nur die Aussicht auf Truthahnbraten vermochte ihn zu bewegen, von ihr abzulassen, damit sie den Hauptgang bringen konnte.

In der Küche war alles vorbereitet – die kostbare silberne Platte, die nur an Feiertagen zum Einsatz kam, die passenden Schüsselchen und Schälchen für die diversen Beilagen, silbernes Vorlegebesteck und natürlich das eigens für den heutigen Anlass scharf gewetzte Tranchiermesser aus dem Familienschatz.

Die Speisen waren schnell umgeladen; zum Schluss der dampfende, knusprig gebackene Vogel, der das Tablett fast vollständig ausfüllte.

Mit geübten Handgriffen balancierte Florence dasselbe aus der Küche und durch den Flur zu ihrem Liebsten im Speisezimmer.

Bradley sah ihr mit überlegenem Lächeln entgegen.

"Mein Engel, da hast du dich aber selbst übertroffen!", lobte er sie und gab ihr einen Klaps auf den Po, als sie das Tablett auf dem Tisch platzierte.

Sie hatte damit gerechnet und verschüttete nichts.

Mit demütigem Augenaufschlag, der ihn um den Verstand bringen musste, drapierte sie kokett das Geschirr auf der Tafel und legte die Löffel zurecht.

Das lange, scharfe Messer bekam seinen Ehrenplatz direkt vor Bradley.

Der grinste und wollte sich sogleich ans Werk begeben, aber sie hielt ihn zurück, setzte sich keck auf seinen Schoß, schlang die Arme um seinen Hals und schmachtete ihn an.

Es war ihm nicht unrecht.

"Hast du noch etwas für mich, bevor ich das Messer schwinge?", ging er auf ihr Spiel ein.

"Oh Bradley! Ich liebe dich so!"

"Schätzchen, ich dich auch." Genussvoll strich er über ihre Schenkel, den Bauch, das Dekolleté.

"Wäre es nicht schön, wenn wir immer so zusammen sein könnten?", seufzte sie.

"Hmhm ..."

"Ich halte es nicht mehr aus ohne dich ..."

"Mmmmm ... geht mir genauso ..."

"Wann sagst du es ihr?"

"Wenn es soweit ist ..."

"Es ist soweit ..."

"Bald sage ich es ihr ..."

"Aber Bradley ...!"

"Florence! Fang nicht schon wieder damit an! Ich sage es Agatha, sobald es der richtige Moment ist!"

"Aber wann ist das? Du sagst das schon die ganze Zeit!"

"Hör mal, das ist nicht so einfach! Sie ist meine *Frau*! Und ihr Vater ist mein *Chef*!"

"Aber du hast mir versprochen ..."

"Und versprochen ist versprochen und wird nicht gebrochen."

"Also trennst du dich von ihr?"

"Aber ja. Was ist jetzt? Soll ich den Braten aufschneiden oder schieben wir noch eine Runde davor?"

"Wenn du dich doch sowieso von ihr trennst, dann kannst du es doch auch gleich machen", begehrte sie auf und klopfte ihm auf die Finger, die an ihrem Ausschnitt herumnestelten.

"Lass das meine Sorge sein. Sie wird es früh genug erfahren, und es gibt keinen Grund zur Eile, mein Täubchen."

"Und wenn es den doch gibt?"

"Wie meinst du das? Läuft doch alles gut so wie es ist, oder nicht?"

"Ja, schon. Aber ..."

"Also, dann lass mich jetzt nicht länger warten. Entweder ich vernasche jetzt dich oder den Braten!"

Und er ließ keinen Zweifel daran, dass er es in dieser Reihenfolge zu tun gedachte.

"Bradley!", wurde ihr langsam bewusst, dass sie es zu Ende führen musste, "Ich kann auch nicht warten!"

"Wieso nicht? Du machst das richtig gut ..."

"Aber ich bin schwanger."

Totenstille.

"W-was meinst du mit *schwanger*? Von wem?", fand er endlich seine Sprache wieder.

"Von *dir* natürlich! Von wem denn sonst?!", kamen ihr unvermittelt die Tränen, denn dieses Gespräch verlief ganz und gar nicht so, wie sie es sich erträumt hatte.

Die Farbe war aus seinem Gesicht gewichen und er starrte sie entgeistert an.

"Das kann nicht sein ...", stammelte er.

"Aber doch! Natürlich! Du hast ... du hast mich ... du hast mit mir ... und dann ist es wohl passiert!", wies sie ihn zurecht.

"Aber das *geht* nicht! Ich bin *verheiratet*! Ich habe *Verpflichtungen*!"

"*Bradley* ...!"

"Wie ... wie stellst du dir das vor?!", herrschte er sie mit einem Mal böse an und stieß sie von sich, so dass sie überrascht zu Boden fiel.

"Du musst es ihr doch nur sagen ...", flüsterte sie verzweifelt und bemühte sich noch immer, die Tränen zurückzuhalten.

"Es ihr *sagen*?! Bist du *wahnsinnig*? Soll ich alles *verlieren*?!", brüllte er sie unbeherrscht in einer Lautstärke an, mit der sie nicht gerechnet hatte.

Da verlor auch sie die Fassung und weinte ungehemmt los.

"Aber Bradley!", schluchzte sie, "Ich liebe dich doch! Und ... du liebst mich doch auch?!"

"*Lieben*? Was ... was ... was bildest du dir ein? Du bist doch ... nichts als ein ... billiges *Flittchen*!"

"Bradley!"

"Du *Nutte*! Du billige *Hure*! Das war's! Es ist aus! Ich gehe!"

Er erhob sich entrüstet und stieß dabei den Stuhl um.

"Bradley!", jammerte Florence schmerzgepeinigt und klammerte sich an sein Bein. "Geh nicht! Oh bitte! Liebster Bradley!"

"Lass mich ... *los*! Und komm mir bloß nicht mehr unter die Augen!"

"Aber wir müssen es ihr sagen!" Sie weinte sich um den Verstand.

"Es ihr *sagen*? Hast du das vor? Ja? Ist es das, was du willst? Ihr sagen, dass ich dir ein Kind gemacht habe? Und das wo ich es erfolgreich bei *ihr* vermieden habe? *Ist es das*?!" Damit schlug er ihr mit dem Handrücken voller Wucht ins Gesicht!

Sie sackte in sich zusammen und erkannte den Mann nicht mehr, den sie für den edelsten Menschen unter Gottes Sonne gehalten hatte.

Bradley steigerte sich indes immer mehr hinein in seine Wut.

"Verlogenes Flittchen!"

Entsetzt sah Florence trotz ihrer tränenbenetzten Augen, wie er nach dem langen Messer griff und es in die Höhe riss! Es konnte nur eins bedeuten – er würde es ihr in den Leib rammen!

"*Bradley*!", gellte ihr Schrei, und sie hob die Arme zur Abwehr. Im gleichen Moment durchfuhr sie ein eisiger Schauer, womöglich weil ihr das Herz zerbrach, und mit zugekniffenen Augen erwartete sie die Klinge, die sich zwischen ihre Rippen bohren und ihr Leben und das ihres ungeborenen Kindes beenden würde.

Bradleys irres Brüllen vermischte sich mit ihrem Wehklagen, und noch immer harrte sie gelähmt vor

Panik des Schmerzes, den er ihr noch zufügen wollte.

Allein, er blieb aus.

Doch die Luft schien zu vibrieren vor einer Gefahr, die Florence nicht sehen konnte, denn sie wagte es nicht, die Augen zu öffnen!

Heftiges Keuchen, Füße, die im Kampfe scharrten, das Klirren des Porzellans, als es vom Tisch gefegt wurde!

Ein gellender Schrei, der das saftige Reißen von lebendigem Fleisch nicht zu überdecken vermochte!

Dann – Stille! Absolute, unheilvolle, gespenstische Stille!

"Bradley?", flüsterte Florence benommen und wagte es, allmählich aufzublicken.

Sie war allein.

Der Stuhl lag so, wie er von Bradley umgestoßen worden war. Das edle Tischtuch war verrutscht, einige Teller und Schüsseln lagen zerbrochen auf dem Boden.

Hier hatte ein Kampf stattgefunden!

"Bradley ...?"

Doch er antwortete nicht. Würde es nie mehr tun.

Florence erhob sich mit zitternden Knien und betrachtete die Verwüstung.

Auf dem weißen Damast war rote Flüssigkeit ausgelaufen.

Aber der Champagner war gar nicht rot gewesen, genauso wenig wie die Sauce, die sie zum Braten hatte reichen wollen ...

Blut ... es war Blut!

Sofort sah Florence an sich selbst herunter, aber sie war unverletzt!

Dafür erkannte sie nun, dass da auf der Decke der blutige Abdruck einer Hand an der Stelle prangte, von wo aus Bradley sie attackiert hatte! Direkt daneben blinkte sein goldener Ring, den er nie vom Finger hatte nehmen wollen ...

"Bradley ...", begann sie zu ahnen, was geschehen war.

Und das Tranchiermesser?!

Es steckte zur Hälfte im Truthahn, und an seiner langen, scharfen Klinge tropfte das Blut hinunter!

"*Florence* ...", wisperte ein eisigkalter Windhauch, der trotz der geschlossenen Fenster das kostbare Tischtuch in Wallung brachte, "*es ist vorbei ... er ist fort ... alles wird gut, Florence ...!*"

Im Keller

Zu einem ordentlichen Haus gehört immer auch ein Keller. Wenn das Haus groß und alt ist, ist es der dunkle, einsame Keller natürlich auch, und allein das verleiht ihm schon einen etwas unheimlichen Charakter.

Faye mochte es gar nicht, in diese verlassenen Katakomben hinabzusteigen, wo Generationen von Mietern ihr Gerümpel erst achtlos abgeladen und dann schlichtweg vergessen hatten.

Eine einzelne, nackte Glühbirne im Gang sorgte für keineswegs ausreichende Beleuchtung, und wenn sie wie so oft auch noch bedenklich flackerte, machte es erst recht keinen Spaß, für Mister oder Misses in den alten Umzugskoffern nach vermisster Bettwäsche, Bratpfannen oder Schachfiguren zu suchen.

"Wo ist denn nur der Hut?!", hatte Misses geklagt, "Ich hab' ihn doch bestimmt letztes Jahr zur Silberhochzeit der Sandringhams getragen!"

"Das war vorletztes Jahr, Liebes ...", seufzte der Ehemann ergeben.

"Vorletztes, meinst du? Ist nicht wahr ...! Bist du dir da auch ganz sicher?"

"Ja, Liebes. Das war doch der verregnete Sommer. Du hast dich noch so geärgert, weil der Spaziergang im Park ausfallen musste."

"Ja, natürlich! Ach, mein Liebster, wenn ich dich nicht hätte! Aber wo ist dann nur der Hut?"

"Ich meine du hättest ihn zur Taufe getragen."

"Welche Taufe?"

"Na, die unserer kleinen Lizzy, welche denn sonst?!"

"Lizzys Taufe?! Das ist ja noch länger ... nein nein, da irrst du dich jetzt aber! Diesen Hut ziehe ich nur im Sommer auf, und Lizzy ist ein Christkind, nicht wahr? Sie wurde im Winter getauft!"

"Dann weiß ich es auch nicht. Bist du sicher, dass du ihn überhaupt getragen hast, seit wir von Hongkong zurückgekehrt sind?"

"Ach! Jetzt wo du es sagst! Natürlich! *Faye*!"

Und damit hatte das Kindermädchen mit den schwarzen Haaren und den dunklen, schlitzförmigen Augen den Auftrag erhalten, hinabzusteigen in jenes gruselige Gewölbe, in dem, so war sie ihrer streng katholischen Schulbildung zum Trotz sicher, allerhand böse Geister und Dämonen hausen mussten.

Erst letztens, als Mister einen wertvollen Bildband aus seiner Bibliothek suchte, hatte man sie trotz aller lautstarker Proteste in die fensterlose Unterwelt geschickt, mit einem genauen Lageplan der familieneigenen Umzugskisten, und tatsächlich war Faye fündig geworden.

Nicht sofort, nein, sie hatte zuvor noch ängstlich mit ihrem Schicksal hadernd bestimmt alle Deckel gelüftet und nichts entdeckt, dann hatte es in einer Ecke gewispert und in einer anderen gescharrt, und als sie herumfuhr, lag da das gesuchte Buch direkt vor ihren Augen auf einem Koffer, den sie wohl übersehen hatte!

Das war nicht mit rechten Dingen zugegangen! Faye floh hastig die Treppe hinauf und blickte nicht zurück, bis sie wieder in der Wohnung war!

Dort bekam sie zu ihrem Schrecken noch eine Portion Tadel hinzu, warum sie denn so furchtsam sei! Immer hatten die Herrschaften etwas an ihr auszusetzen! Nichts konnte sie ihnen recht machen!

Die junge Chinesin überlegte ernsthaft, ob sie nicht lieber in ihre ferne Heimat zurückkehren sollte ...

So befand sie sich nun wieder einmal hier unten, um diesen dummen Hut zu suchen, der mittlerweile so lange weggepackt gewesen sein mochte, dass er bestimmt längst aus der Mode gekommen war!

Faye schob einen Deckel nach dem anderen beiseite und spähte in die Truhen und Koffer. Nichts. Wo steckte das vermaledeite Ding?!

Schritte.

Erschrocken fuhr Faye herum. Da war gar niemand! Skeptischen Blickes nahm sie ihre Suche erneut auf.

Vielleicht da hinten? Bisher hatte sie diese Ecke gemieden, denn sie bekam fast nichts ab von dem kümmerlichen Licht der Deckenlampe.

Warum nur hatte sie auch vergessen, wenigstens eine Kerze mit hierher zu nehmen ...

Faye tastete sich weiter und stolperte prompt über einen querliegenden Besenstiel, den sie zuvor nicht bemerkt hatte.

Laut polternd schlug der gegen einige Holzlatten, welche lediglich an die Wand angelehnt waren und nun noch lauter rumpelnd zur Seite kippten!

"Hah!", machte das Mädchen einen erschrockenen Satz rückwärts.

Was war das? Da war ja noch eine Tür? Wer kam denn auf die Idee, den Zugang zu einem Kellerraum mit Latten zu versperren?!

Ob da noch weitere Kisten lagerten?

Ehe Faye all ihren Mut zusammennehmen konnte, um nachzusehen, raschelte es hinter ihr. Sie fuhr erneut herum und bekam wieder nichts zu sehen. Sicher bloß eine Maus. Oder doch ein Dämon?

"Hallo?", kam es ihr über die Lippen, und sie wünschte sich weit weg von diesem unheimlichen Ort.

Aber die Misses wäre sehr ungehalten, wenn sie unerledigter Dinge aus dem Keller käme!

Ein Frösteln erfasste das arme Mädchen.

"Wo ist nur dieser dumme Hut?!", jammerte sie und bekam noch mehr Angst, denn die Glühbirne flackerte bedenklich.

Den Tränen nahe überwand sie sich und tapste zögerlich auf die Tür zu, die so lange verborgen gewesen war. Sie drückte mit rasendem Herzklopfen die Klinke und stemmte das schwere Ding auf, das widerwillig ächzend ihrem Begehr nachgab.

"Faye ...", hauchte eine tonlose Stimme aus dem Nichts.

"*Hah*!", erstarrte das Kindermädchen in seiner Bewegung, "Robert? Bist du das? Robert! Das ist nicht lustig!"

Doch selbst wenn es Lizzys älterer Bruder war, der hier seiner Nanny einen Schabernack spielte, schien er sich nicht zeigen zu wollen.

Sie schluckte und tapste tapfer weiter ins Dunkel.

Ob da irgendwo ein Lichtschalter war?

Mit einem hässlichen Fauchen erlosch die Deckenbeleuchtung im Gang!

"*Ah*!", schrie Faye in Panik, "Mister! Misses! Hilfe!"

Und tatsächlich – Stimmen näherten sich vom Treppenabgang, von wo auch allmählich ein schwacher Lichtschein zu dem Mädchen drang.

Ob da jemand mit einer Taschenlampe ihr zu Hilfe kam?

"Mister?", flehte sie schwach und tastete sich dem Licht entgegen.

Mit einem unerwarteten, heftigen Rumms flog plötzlich die ominöse Tür hinter ihr zu, kaum dass sie den unbekannten Raum wieder verlassen hatte, und ließ sie laut aufschreiend herumfahren!

Da sah sie es! Das konnte doch nicht sein?! Wo vorhin noch die Latten gewesen waren, stand nun eine junge Frau! Sie war ... *hell*?!

Sie ... *leuchtete*?! Sie war ... *durchsichtig*!

"Faye ...", wisperte es aus ihrer Richtung, "gehe nicht dort hinein ..."

Die junge Chinesin war unfähig sich zu rühren.

Was war das für ein *Ding*?!

"Ich ... ich muss den Hut finden ...", stammelte sie einer Ohnmacht nahe.

"Dann nimm ihn und gehe ..." wisperte es nun wieder aus der anderen Richtung, aus der Faye den rettenden Lichtschein erwartet hatte.

Zitternd drehte sie sich langsam herum und erblickte einen livrierten, älteren Mann, der genauso schimmerte und schwebte wie die Frau vor der Tür, und ihr – den Hut der Misses hinhielt!

Faye starrte ihn mit angstgeweiteten Augen an.

"Nimm, weswegen du gekommen, und dann kehre nie hierher zurück ...", flüsterten die Wände um sie herum, denn der Mann bewegte seinen Lippen genauso wenig wie eben die Frau.

Aber er machte einen Schritt zur Seite und gab somit den Weg zur Treppe frei.

Faye riss den Hut an sich und stürzte schreiend an ihm vorbei, die Treppe hoch und die Geister hinter sich lassend.

Völlig außer Atem übergab sie ihrer Misses das gesuchte Objekt und hörte nicht hin, als diese sich nach ihrem offensichtlich verstörten Befinden erkundigte.

Am nächsten Tag reichte sie die Kündigung ein und erzählte erst viele Jahre danach, was sie im Keller jenes Hauses erlebt hatte.

Obdach

Das alte Haus stand seit geraumer Zeit leer. Die Fenster waren mit Brettern zugenagelt, und das wenige Gerümpel, das in der einen oder anderen Wohnung vergessen worden war, verstaubte unter ebenso einsamen Spinnweben.

Das schmale, straßenseitige Gärtchen verwilderte immer mehr, sogar der brüchig gewordene Weg zum Eingangsportal war mittlerweile zugewuchert.

Wer brauchte ihn auch schon? Wer sollte denn die Treppen hinaufsteigen und durch die schwere, doppelflügelige Tür treten, bei der man sich noch nicht einmal die Mühe gemacht hatte, sie zu verriegeln?

Niemand hatte ein wie auch immer geartetes Interesse daran, das verkommende Gemäuer zu betreten, nachdem sich die Geschichten über unheimliche Vorfälle mit den Jahren gehäuft hatten.

Die Menschen ringsum hatten es zunächst als Einbildung abgetan, als Übertreibungen einer durch nächtliche, womöglich gruselige Umstände angeregten Fantasie, die man bei nüchterner Betrachtung sicherlich mit ganz gewöhnlichen Vorkommnissen erklären konnte.

Doch so ganz geheuer schien es hier bald vor allem den Bewohnern selbst nicht mehr, so dass sie einer nach dem anderen fortzogen.

Was sollte man aber auch davon halten, wenn die junge Nachbarin mit den beiden kleinen Kindern am Morgen verängstigt im Treppenhaus stand und berichtete, sie habe in der Nacht von ihrem Mann geträumt, der in einem fernen Land an der Front kämpfte, ganz deutlich habe sie ihn gesehen, ihn beim Namen gerufen, und er habe zu ihr aufgesehen und sei ein paar Schritte auf sie zugegangen, und in dem Moment sei eine Granate eingeschlagen und habe seine Kameraden, die einige Meter hinter ihm standen, zerfetzt, und nun fürchte sie so sehr, dass ihrem Liebsten in der Tat etwas Furchtbares zugestoßen sein mochte!

Und nur wenige Tage später erreichte sie ein Brief von der Front – von ihrem Mann, der als Einziger aus seiner Truppe einen todbringenden feindlichen Angriff überlebt hatte, weil er Sekunden zuvor geglaubt hatte, die Stimme seiner Frau zu hören, die ihn gerufen habe, und nur weil er kurz seine Stellung verließ um nachzusehen, sei er dem Tode entkommen!

Oder das Elternpaar, das den ganzen Tag außer Haus verbrachte, um zu arbeiten, und die kleine Tochter notgedrungen allein in der Wohnung ließ. Nun, das Mädchen wusste, dass es im Notfall bei den Nachbarn auf der Beletage klingeln konnte, und auch die anderen Mieter kümmerten sich so gut es ging.

Die Kleine machte durchaus Gebrauch von dieser Möglichkeit, denn sie hörte oft merkwürdige, beängstigende Geräusche im Wohnzimmer, Schritte, obwohl niemand da war, oder eine Tür, von der es pochte ... und Stimmen ...

Den Eltern war dies nicht gleichgültig, doch was sollten sie tun? Das Geld wurde dringend benötigt, und das Kind musste eben die wenigen Stunden nach der Schule alleine zuhause bleiben, bis Mama und Papa von der Arbeit kamen.

Der Tochter schien es bald auch nichts weiter auszumachen, zumindest berichteten die Nachbarn nach einer Weile nicht mehr, dass sie bei ihnen Zuflucht gesucht hätte.

Die Eltern waren sehr erleichtert darüber – bis sie den Grund herausfanden!

Als sie nämlich an einem dunklen Januarabend nach Hause kamen und die Wohnung betraten, fanden sie ihr Töchterlein vergnügt mit allerhand Puppen und anderen Spielsachen auf dem Teppich in der guten Stube hockend und umringt von einer Handvoll unbekannter, blasser Spielgefährten.

"Hallo Mama, hallo Papa!", strahlte die Kleine ihre entsetzten Eltern an und deutete auf die durchsichtigen Gestalten, "das sind meine neuen Freunde! Sie sind Gespenster!"

Wen wunderte es also, dass das Haus mit der Zeit immer leerer wurde und bald ganz verlassen dastand!

Als man dann im Keller beim Entrümpeln hinter uralten, vergessenen Kisten in einer verborgenen Kammer die mumifizierte Leiche eines Mannes fand und ihn anhand des Inhaltes seiner Brieftasche als jenen jungen Bankangestellten identifizierte, der vor unzähligen Jahren auf so rätselhafte Weise verschwunden war, hatten die Leute endgültig genug. Niemand mehr wollte auch nur einen Fuß über die Schwelle setzen!

Dabei war es einmal eine gar feine Adresse gewesen! Nur sehr Reiche hatten sich in den guten Tagen den Mietzins leisten können!

Diese Ära war längst Vergangenheit. Nun stand es allenthalben schlecht, die Wirtschaft taumelte von einer Krise in die nächste, und die Gesellschaft bröckelte immer mehr dem Zerfall entgegen, genau wie das einstmals so stattliche Haus.

Und genau aus diesem Grund kehrte für kurze Zeit noch einmal Leben ein in die einsamen Räume.

Es waren Obdachlose, die nicht wussten, wohin sie vor der Kälte der Jahreszeit und der ihrer Mitmenschen fliehen sollten. Den Streunern war es recht, wenn sie hier ihr Lager ungestört aufschlagen konnten, wo keiner vorbeikäme, um sie wieder zu vertreiben.

Natürlich wussten auch sie um die Gruselgeschichten, die man sich über ihre neue Bleibe erzählte, doch wer glaubte schon an Geister? Das war nur etwas für jene, die es sich leisten konnten ...

Sie blieben auch fürs Erste unbehelligt. Wenn tatsächlich einmal etwas Merkwürdiges geschah, schrieben sie es der Wirkung des billigen Schnapses zu, den sie in rauhen Mengen tranken, oder der Langeweile, die mithin zu gutmütigem Schabernack verführen mochte.

Es geschah in der Heiligen Nacht, in welcher die Einsamen noch einsamer sind als an anderen Tagen, der Hunger umso quälender bohrt und den Besitzlosen noch deutlicher als sonst vor Augen geführt wird, was sie alles nicht haben und dass sie selbst auch nicht viel wert sind.

Draußen war es so kalt wie schon lange nicht mehr; der Schnee türmte sich an manchen Stellen hüfthoch, ein eisiger Sturm blies durch die Häuserzeilen und zwang die Menschen, zuhause zu bleiben, so dass die Stadt wie ausgestorben schien.

Der Frost hatte eine Gruppe von Männern in das verlassene Gemäuer getrieben. In einer Wohnung im Erdgeschoss hatten sie das Parkett aufgebrochen, um sich daraus ein dürftiges Lagerfeuer zu entzünden, um das herum sie sich alsbald lediglich mit Zeitungen bedeckt hinlegten, um auf den nächsten Tag zu warten.

Einer stimmte ein Weihnachtslied an, doch die Anderen wollten es nicht hören und brachten ihn bald zum Schweigen.

Der Vorrat an Hochprozentigem war aufgebraucht; damit waren sie der Kälte in ihrem Inneren schutzlos ausgeliefert.

Trockenes Brot und gammliger Käse war ihr Festmahl gewesen, und der Haufen verlorener, vergessener Seelen hätte hoffnungsloser und trauriger nicht sein können.

So schliefen sie endlich ein und wären nicht sonderlich betrübt gewesen, wenn sie gar nicht mehr hätten aufwachen müssen.

Wohlige Wärme weckte sie dennoch am nächsten Morgen, und sie erwachten mit einem Schrecken, denn sie dachten, sie hätten das Zimmer in Brand gesetzt!

Doch als sie die Ursache des Temperaturanstiegs sahen, erschraken sie noch mehr!

Im gestern noch verrammelten Kamin knisterte und knackte ein behagliches Feuer! Auf dem verstaubten Tisch daneben stand eine saubere, dampfende Teekanne aus feinem Porzellan, hübsch angerichtet mit den zugehörigen Tassen und einem Schälchen voller Zucker, und als die Männer sich mit Schaudern schnell erhoben, rutschten dicke, warme Decken zu Boden, die jemand in der Nacht über sie gebreitet haben musste!

"Was ... wie ...?", wussten sie sich keinen Reim darauf zu machen.

Vielleicht war ein freundlicher Nachbar auf sie aufmerksam geworden und hatte im Hinblick auf das Weihnachtsfest Mitleid mit ihnen bekommen?

So musste es sein!

"Frohe Weihnachten ...", murmelten sie bald verlegen und freuten sich tatsächlich ein bisschen.

Den Tag verbrachten sie dann wieder auf der Straße. Als sie sich in den Räumen einer Suppenküche erneut trafen, wo eine wohltätige Organisation den Armen wenigstens eine warme Mahlzeit zukommen ließ, beschlossen sie, für die Nacht zu dem Haus zurückzukehren.

Als wären sie erwartet worden, brannte schon das behagliche Feuer. Es war aufgeräumt und staubgewischt worden, und die Decken lagen ordentlich gefaltet auf einem Teppich, der zuvor nicht da gewesen war.

Eine Flasche Gin stand mit einigen Gläsern auf dem Tisch für sie bereit.

Nun, dann waren sie wohl für heute Nacht hier sicher.

Es wurde ihnen ganz warm ums Herz, dass jemand so an sie dachte und es ihnen offenbar gemütlich machen wollte!

Mit einem ungewohnten Gefühl von Zufriedenheit und der Erinnerung an die längst vergangene Kindheit, als es noch Eltern gab, die sie umsorgten und ihnen Geborgenheit schenkten, schliefen die Männer ein.

Ein klirrendes Geräusch weckte sie gegen Morgen.

Sie fuhren hoch und erblickten ihre Wohltäterin – eine junge Dienstmagd mit blonden Haaren und einem sonderbar langen, schwarzen Kleid, die soeben ein Tablett mit der bekannten Teekanne auf dem Tisch abstellte und zuvor anscheinend das Feuer im Kamin neu entfacht hatte.

"Guten Morgen", wisperte sie lächelnd, "gesegnete Weihnacht ..."

Und vor den Augen der erstarrten Männer wurde sie mit einem Mal durchsichtig und löste sich schließlich ganz in Luft auf!

Es ist nicht überliefert, ob danach noch einmal Obdachlose in dem Haus Zuflucht gesucht haben.

Das war also das berüchtigte Haus, das vor etwas über einem Monat Molly Hagstroms Neugier geweckt hatte.

Der pure Zufall hatte die junge Reporterin auf das Anwesen und seine Geschichte aufmerksam gemacht.

Sie wohnte erst seit einem knappen halben Jahr in der Stadt, ganz am anderen Ende, in einem etwas moderneren Viertel. Außer den Kollegen in der Redaktion kannte sie hier noch nicht allzu viele Menschen; lediglich mit einigen Mietern auf ihrer Etage des Apartmenthauses, in dem sie eine gemütliche und günstige Bleibe gefunden hatte, pflegte sie einen mehr oder weniger umgänglichen Kontakt.

Eine Dame in der Wohnung neben ihrer hatte es ihr besonders angetan. Sie waren schnell miteinander ins Gespräch gekommen, nachdem der Postbote ein Paket für Molly bei ihr abgegeben hatte.

Die Nachbarin hatte dann abends bei ihr geklingelt und zu dem Paket noch einen frischgebackenen Willkommenskuchen vorbeigebracht, und als sie dann zwischen Umzugskisten und halbaufgebauten Möbeln denselben zu einer Tasse Instantkaffee verspeisten, schweifte der Blick der Nachbarin zum einzig eingeräumten Teil des zukünftigen Wohnzimmers, einem Bücherregal voller Romane mit hauptsächlich übernatürlichem Inhalt.

"Interessieren Sie sich für Geister?", fragte die Dame wie beiläufig.

Molly bejahte verlegen.

Im anschließenden Smalltalk fanden sie sich wohl sympathisch genug, um einen Gegenbesuch auszumachen. In den Wochen, die folgten, kamen sie einander näher und schwelgten in kurzweiligen Gesprächen, und so geschah es, dass Molly staunend erfuhr, dass ihre Nachbarin die Sache mit den Geistern gar nicht so abwegig fand – hatte sie doch als Kind ganz eigene Erfahrungen diesbezüglich gesammelt.

"Auf die Gefahr hin, dass Sie mich für verrückt halten", weihte die Dame Molly vertrauensvoll in ein ganz besonderes Geheimnis ein, "aber als ich noch klein war, bin ich tatsächlich einigen Gespenstern begegnet!"

"Nein! Wirklich? Sind Sie da sicher?"

"Aber ja. Wir haben wochenlang jeden Abend miteinander gespielt – es waren ja selbst noch Kinder, wissen Sie."

"Kinder?"

"Ja. Ihr Vater hatte seinerzeit das Haus, in dem ich mit meinen Eltern wohnte, für sie bauen lassen, aber die ganze Familie ist mitsamt den Dienstboten bei der Überfahrt ums Leben gekommen. Das Schiff ist in einen Sturm geraten, und dann sind alle ertrunken."

"Wie furchtbar! Woher wissen Sie das?" So ganz glauben mochte Molly es ja nicht.

"Oh, sie haben es mir erzählt. Wir haben ja oft genug miteinander gespielt."

"Aber hatten Sie denn da keine Angst?!"

"Doch, natürlich! Am Anfang schon! Ich habe sie ja nicht gleich erkennen können. Aber dann hatten wir eine wunderschöne Zeit miteinander, bis ich mit meinen Eltern weggezogen bin."

"Und wo war das?"

Die Dame nannte eine ungefähre Adresse in der Innenstadt.

"Ach, das ist jetzt schon so lange her", fügte sie wehmütig lächelnd hinzu, "ich hatte es schon fast vergessen. Sie werden sowieso denken, dass ich Sie damit aufziehe, aber das stimmt nicht. Das Einzige, was ich zu meiner Verteidigung sagen könnte, ist, dass ich ein Kind war, mit viel Fantasie und wenig Zuwendung. Wahrscheinlich habe ich mir alles nur eingebildet, weil ich so einsam war und mir so sehr Freunde wünschte. Doch ist es nicht eine nette Geschichte?" Sie lächelte verschmitzt.

Auch Molly musste lächeln. Ihre neue Freundin war so liebenswert und erzählte so amüsant und anschaulich, und wenn sie doch ihr Faible für Gruselgeschichten teilte ...

"Ich wusste gleich, sie würde Ihnen gefallen, als ich Ihre vielen Bücher sah", fuhr diese auch schon fort, "aber haben Sie denn von dem Haus, das ich meine, wirklich noch nie gehört?"

"Nein, sollte ich?"

"Na, ich bin ja nicht die Einzige, die dort solche Erfahrungen gemacht hat!"

Jetzt erwachte die Reporterin in Molly!

"Haben andere Leute da etwa auch Gespenster gesehen?", fragte sie ungläubig und zugleich aufgeregt.

"Offenbar ist es so. Ich habe ehrlich gesagt nicht so darauf geachtet. Aber vor kurzem musste ich daran denken, was die Erwachsenen damals geredet haben. Weil", und hier kicherte sie vergnügt, "weil das Haus offenbar verkauft werden soll. Hab' da eine Anzeige in der Zeitung gesehen, wissen Sie? Jetzt hat es so viele Jahre leergestanden, weil niemand mehr dort wohnen wollte – so viel zum Thema Gespenster! – und nun meint ein Makler, dass er damit einen Haufen Geld verdienen kann!"

Und so war es gekommen, dass Molly das Haus ausfindig machte und nun, an einem sonnigen Junitag gute vier Wochen später, skeptischen Blickes auf dem Gehweg davor stand.

Sie hatte einen Nachbarn getroffen, der gerade auf dem angrenzenden Grundstück die Blumen im Vorgarten goss, und ihn kurz interviewt.

Er zeigte sich vor allem froh darüber, dass nun bald dieser hässliche Schandfleck beseitigt würde – die zugenagelten Fenster störten ihn schon seit Jahren, und endlich war auch einmal das ganze Unkraut entfernt und die Hecken gestutzt worden.

Zu Geistern und anderem Paranormalen befragte sie ihn vorsichtshalber nicht.

Während die Autos neben ihr lärmend die breite Straße entlang donnerten – dies war eben der Zubringer in die Innenstadt – versuchte Molly, sich in längst vergangene Zeiten zurückzuversetzen, als das Haus noch stattlich gewirkt haben musste und von vielen Menschen bewohnt wurde.

Damals hatte es sicher weniger Autos gegeben, sinnierte sie, nachdem ein Laster mit Getöse direkt neben ihr Gas gegeben hatte.

Da hatte vielleicht ein einzelner Ford Model T am Gehsteig gehalten, um eine Madame de Burgh, nach der die örtliche Grundschule benannt war und die, so wusste Molly inzwischen, einige Jahre hier gelebt hatte, zu einer Ausfahrt abzuholen.

Und jetzt? Hauptverkehrszone. Wer sollte hier bitteschön wohnen wollen?

Mollys Handy klingelte. Sie fischte es stirnrunzelnd aus ihrer Jackentasche und starrte auf das Display. Die Redaktion. Zwecklos. Bei dem Krach brauchte sie gar nicht erst drangehen, sie würde ohnehin kein Wort verstehen.

Vielleicht im Inneren des Hauses? Falls es nicht verriegelt war, konnte sie dort eher ungestört ein Telefonat führen.

Der kurze Weg zu den wenigen Stufen, die zur Eingangstür führten, wurde gesäumt von Hecken, die gerade erst geschnitten worden waren.

Hier musste noch einiges getan werden, bis die Schäden durch die Vernachlässigung der letzten Jahre beseitigt sein würden!

Molly erklomm die Treppe und fasste an die Türklinke. Klemmte ein bisschen, doch mit etwas Ruckeln und Ächzen ließ sich der schwere, bleiverglaste Türflügel aufstemmen.

Drinnen war es dämmrig. Ah, zur Seite hin hatte man die Fensterbeschläge entfernt.

Wow! Was für ein imposantes Treppenhaus! Fast wie in einem Schloss!

Gefegt worden war auch. Man wollte schließlich potentielle Käufer beeindrucken.

Und hier sollte es gespukt haben?

Nun, man hatte die Leiche eines Mannes im Keller gefunden. Vielleicht trieb dessen Geist ja seit jenem Mord sein Unwesen.

Molly genoss den Schauer, der ihr bei der bloßen Vorstellung über den Rücken jagte. Nicht umsonst las sie so gerne Geisterromane. Den beabsichtigten Telefonanruf vergaß sie völlig.

Vom Treppenhaus magisch angezogen tappte sie zögernd und voller Ehrfurcht die ersten Stufen hoch, drehte sich auf dem Absatz um und schwelgte in der Aussicht auf die schwarz und weiß gefliese Eingangshalle. Ein knackendes Geräusch von weiter oben ließ sie erst zusammenfahren und dann neugierig weiter empor steigen.

Die ehemalige Beletage. Hier hatte ihre Nachbarin als Kind gewohnt.

Molly nahm die wenigen Schritte zur ersten Wohnungstür. Abgeschlossen. Schade. Die nächste weiter hinten auch. Wenigstens ein Foto machen. Vielleicht hatte sie weiter oben mehr Glück.

Doch sämtliche Türen waren verriegelt. Enttäuscht wägte die Reporterin ab, ob sie noch bis hoch unters Dach steigen sollte. Das Penthouse lockte, und Molly folgte.

Sie wurde belohnt! Die Eingangstür war nicht abgesperrt; vermutlich glaubte man nicht, dass ein etwaiger Eindringling genug Geduld hatte, um bis hier oben vorzustoßen.

Molly trat ein. Die Tapeten im Flur hingen zum Teil in Bahnen von den Wänden, aber auch so ließ sich erahnen, wie vornehm dereinst hier gewohnt worden war.

Sie gelangte in einen großzügig bemessenen Raum, der wohl als Salon gedient haben musste. Deckenhohe, bunt verglaste Türen, an denen noch die alten, schweren, mittlerweile völlig verstaubten Vorhänge hingen, luden dazu ein, die Dachterrasse zu inspizieren. Kaum geöffnet, drang der Verkehrslärm von der Straße bis hinauf an Mollys Ohr. Nun ja, die dicken Mauern hielten ihn sonst draußen und würden auch die zukünftigen Bewohner davor abschirmen.

Fantastische Aussicht! Wie klein die Fußgänger da unten doch wirkten! Sie hatten keinen Schimmer, dass sie beobachtet wurden, wie sie da den Gehweg entlang huschten!

Der Anruf! Jetzt fiel es ihr wieder ein, und sie zückte sofort ihr Handy. Der Kollege von der Zeitung war erfreut über ihren Rückruf, denn er hatte einige Fragen über ihren Artikel, den sie heute morgen schnell noch eingereicht hatte; so konnten sie alles zu beider Zufriedenheit klären.

Als sie ihm nebenbei mitteilte, wo sie sich gerade befand, bekam er jedoch einen leichten Schreck.

Sie möge doch bitte aufpassen, das Haus habe schließlich einen gewissen Ruf ...

Molly lachte ihn gutmütig aus. Gespenster! Am hellichten Tage! Sie hatte ja nicht vor, bis Mitternacht hier auszuharren!

Verlegen gab er zu bedenken, dass es ja nicht unbedingt Geister sein mussten, die das Haus so in Verruf gebracht hatten.

Sie beruhigte ihn und versprach, noch vor Feierabend in die Redaktion zu kommen, damit er sich höchstselbst davon überzeugen konnte, dass sie noch am Leben war.

Er nahm es zum Anlass, sie denn auch gleich zu einem kleinen Imbiss in der Bar gegenüber einzuladen, und sie akzeptierte dankend. Ciao und bis nachher dann ...

Mit solch verlockenden Aussichten machte sie sich auf den Rückweg und stand bald an der Treppe. Von hier oben konnte einem schon schwindlig werden, wenn man so in die Tiefe schaute! Molly hielt sich vorsichtshalber am kunstvoll gearbeiteten Geländer fest. Immer wieder knipste sie Fotos und überlegte dabei, ob sie einen Artikel über das Haus schreiben sollte, doch sie verwarf den Gedanken, denn sie war ja ohne Erlaubnis hier eingedrungen.

Wieder im Foyer bemerkte sie, dass eine der Wohnungstüren nur angelehnt war. Das hatte sie vorhin vor lauter Begeisterung über das Treppenhaus glatt übersehen.

Nun, diese Gelegenheit würde sie sich nicht entgehen lassen. Erwartungsvoll trat sie ein und fand

eine nicht minder heruntergekommene Wohnung
vor. In einem großen Raum mit einem offenen
Kamin war der Parkettboden mutwillig herausge-
rissen worden; an anderer Stelle war der Boden
verkohlt. Das waren sicher diese Penner gewesen,
die sich hier eingenistet hatten. Alles kaputtge-
macht hatten sie! Kopfschüttelnd wandte sie sich
wieder dem Ausgang zu, genug gesehen.
Als sie aus der Wohnung in die große Halle trat,
wurde ihr kalt. Mitten im Juni ...
Zeit, das alte Gebäude zu verlassen und hinaus ins
Sonnenlicht zu gehen, wo sie sich aufwärmen
konnte.
Noch ein letztes Foto, vielleicht aus diesem Blick-
winkel, zum Treppenhaus hin ...
Molly zückte den Fotoapparat – und erstarrte!
Auf den Stufen und davor standen unzählige, blasse
Gestalten und sahen erwartungsvoll zu ihr hin! Sie
standen nur da, schwiegen und lächelten! Junge,
Alte, bestimmt sechs oder gar sieben Kinder, von
ganz klein bis vielleicht dreizehn oder vierzehn
Jahren ...
In Mollys Kopf wirbelte es durcheinander! So viele
Leute, und sie hatte sie gar nicht kommen gehört!
Wie konnte das sein?! Wer waren diese Menschen?
Was taten sie hier? Und warum waren sie so still?
Und so merkwürdig gekleidet, als wollten sie den
musealen Charakter des Hauses unterstreichen ...
Noch während Molly sich Gedanken machte, ob
und wie sie die unerwartet hier aufgetauchten Men-
schen begrüßen sollte, und ob es sich bei ihnen um

die Eigentümer oder Kaufinteressenten handeln mochte, und was sie selbst dann als Ausrede für ihre eigene Anwesenheit hier hervorbringen sollte, drangen helle, warme Sonnenstrahlen, die im nach langer Ruhe nunmehr aufsteigenden Staub gut sichtbar waren, durch die großen Fenster in die frostig kalte Eingangshalle.

Da sah sie es ganz deutlich – die Gestalten, die noch immer still an ihrem Platz ausharrten und sie anlächelten, waren durchsichtig! Die Täfelung der Wände, die hölzerne Balustrade der Treppe ... ganz klar durch sie hindurch erkennbar!

Mit einem Aufschrei realisierte Molly, wen sie da vor sich hatte! Die Geister des Hauses! Sie waren *da*! Es gab sie *wirklich*!

Voller Panik ergriff sie die Flucht! Rannte zur Haustür, riss sie mit aller Kraft auf und stürmte ohne nachzudenken ins Freie, die Stufen hinab und über den holprigen Weg, immer wieder den Blick rückwärts gewandt, ob ihr auch keines der Gespenster folgte!

Erst als sie ein wütendes, nicht enden wollendes, lautes Hupen vernahm, blickte sie zur Seite – und erstarrte erneut! Sie befand sich mitten auf der Straße, und mit todbringender Geschwindigkeit donnerte ein riesengroßer, tonnenschwerer Truck zielstrebig auf sie zu, um sie im nächsten Moment zu überrollen!

Die einzige Bewegung, derer Molly jetzt noch fähig war, bestand im krampfhaften Zukneifen ihrer

Augen, damit sie ihrem Tod nicht ins Gesicht sehen musste!

Ein heftiger Ruck fegte sie mit Gewalt vom Asphalt - das musste das Ungetüm sein, das sie erfasst hatte und nun durch die Luft wirbelte!

Sie wappnete sich für den Schmerz, den das fatale Bersten ihrer Knochen in den nächsten Sekundenbruchteilen über sie bringen musste, und hoffte nur noch, dass es schnell gehen möge ...

Als sie wieder zu sich kam, lag sie in der Eingangshalle des Hauses vor den Stufen der großen Treppe.

Betroffene, blasse Gesichter beugten sich über sie.

"Geht es Ihnen gut? Sind Sie verletzt?", wisperte es um sie herum.

"Was ... was ist passiert?", stammelte Molly – und erkannte die Geister! "Bin ich *tot*?!", erschrak sie nun noch mehr, fuhr hoch und starrte an sich herab, ob sie wohl versehrt war.

"Nein, es ist noch einmal gutgegangen!"

"Sie dürfen doch nicht einfach so auf die Straße laufen! Das ist doch gefährlich!"

"Bei dem vielen Verkehr!"

"Martin hat Sie gerade noch so vor dem großen Automobil wegziehen können!"

Die stillen, durchscheinenden Gesichter blickten sie mit besorgter Miene, aber dennoch freundlich an.

Molly schaute verwirrt von einem zum anderen.

"Ihr seid Gespenster!", hauchte sie ungläubig.

"Haben Sie keine Angst!", wisperte es zurück, "unser Haus ist wunderbar ..."

Epilog

Wenn man dieser Tage die breite Straße entlang-
läuft und das Grundstück mit dem altehrwürdigen
Haus passiert, kann man deutlich die harmonische
Atmosphäre hinter der glänzenden Fensterfront
spüren, so wie die Scheiben im Sonnenlicht blitzen
und die neu gestrichene Fassade geradewegs zu
strahlen scheint!
Menschen gehen ein und aus und grüßen einander
freundlich beim Betreten und Verlassen der großen
Eingangshalle.
Sie, die hier wohnen, *wissen.*
Das Haus ist glücklich.
Viele Kinder leben nun in den geräumigen Appartements auf den verschiedenen Etagen, trampeln
fröhlich die ausladende Treppe hinauf und hinunter
und verabreden sich zum Spielen miteinander ...
und mit den Geistern des geheimnisvollen Hauses.
Mit den Geistern, die sie vor allem Unheil und jeg-
licher Gefahr bewahren mögen.
Das Haus ist allen ein Zuhause geworden.

Ende

The Ghosts and the Mansion

Odine Raven, 2010

A house rests among its neighbors
down town in a busy street
four storeys and spacious chambers
a staircase for many feet
strange things happen, or so its tenants say
the ghosts of the haunted mansion
appear to the ones in need.

A lady lived on the top floor
an heiress of days gone by
though fond of the regal penthouse
one night found the stairs too high
tumbling almost, she caught a hand to hold
the ghosts of the haunted mansion
were a courteous maid that night.

A couple once spent some time there
she begged him to leave his wife
she said she would have his baby
he slapped her and drew a knife
eyes shut, screaming, she knew not what went on
the ghosts of the haunted mansion
chased him and thus saved her life.

For years after all these rumours
the house was an empty nest
as deserted and desolate-looking
as the homeless who sought some rest
blankets, pillows, gin and a cup of tea
the ghosts of the haunted mansion
hosted and sheltered them best.

A girl from the local paper
came in to investigate
the smiles from the faces 'round her
disrupted her awestruck gaze
fleeing in horror, she burst into the street
the ghosts of the haunted mansion
pulled her from the traffic lane.

"Don't be frightened!
I am delightful!"

These days as you pass the windows
you'll notice their peaceful glow
as people step 'cross the entrance
who live there because they know
the House is happy, children will come and play
with the ghosts of the haunted mansion
who keep them from harm and foe.
The House has become a home.

Spielgefährten

Odine Raven, 2013

Es lebte ein kleines Mädchen
Wie alt mocht' sie wohl sein
In einem kleinen Städtchen
Und war daheim allein

Es klopfte an die Türe
Sanft zuerst, dann laut
Auf dass sie sich wohl rühre
Und sachte nachgeschaut

Ist da wer? Sag er's mir!
Ich bin so alleine hier!
Willst du mit mir spielen?

Es knackte in der Ecke
Viele kleine Schritte
Nicht dass sie sich erschrecke
Sie liefen bis zur Mitte

Es pochte an das Fenster
Das schlug auf einmal zu
Da sah sie die Gespenster
Die sagten Hallo, du!

Wir sind hier! Hier sind wir!
So lange so alleine hier!
Willst du mit uns spielen?

Und als die Eltern kamen heim
Zu dunkler, später Stunde
Da fanden sie ihr Mädelein
Vergnügt in Geisterrunde!

Im Keller

Odine Raven, 2011

Im Keller gibt es schöne Sachen
die zu entdecken dir Freude machen
im Keller ist eine andere Welt
die zu schauen dir wohl gefällt

doch im Keller gibt's kein Licht
die Dunkelheit gefällt dir nicht
im Keller gibt es keine Fenster
im Keller gibt's – Gespenster!

was du genommen – wirf es fort!
woher du gekommen
verschwinde!
Lauf!
Weg von dem Ort,
die Treppe hinauf!

am nächsten Tag bist du wieder da
im Keller, der dich fliehen sah
gesandt ein Kellerding zu holen
du tust was man dir hat befohlen

aufgeregt und forsch zugleich
wandelst du durch das Kellerreich
der Kisten, Flaschen, Koffer, Besen
und stehst vor einem Kellerwesen!

was du genommen – wirf es fort!
woher du gekommen
verschwinde!
Lauf!
Weg von dem Ort,
die Treppe hinauf!

was du genommen – wirf es fort!
woher du gekommen
verschwinde!
Lauf!
Weg von dem Ort,
die Treppe hinauf!

Die Ascalon Saga

von Odine Raven

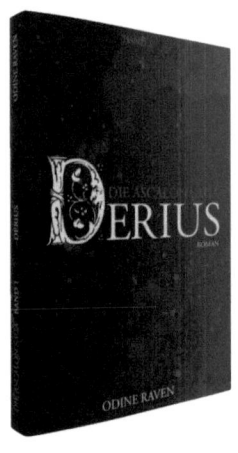

Derius

ISBN 978-3837097277
Eigentlich wollte Emma im Auftrag ihres Online-Magazins Gerüchten über Außerirdische nachgehen.
Doch als ihr Wagen mitten in der Nacht auf dem einsamen Wolfsberg in der Nähe einer alten Ritterburg liegenbleibt und sie die Bekanntschaft des geheimnisvollen Burgherrn macht, kommt alles ganz anders.
Nichtsahnend, dass diese Begegnung ihr Leben für immer verändern wird, bleibt sie notgedrungen für ein paar Tage bei ihm und wird hineingerissen in eine rätselhafte, unheimliche Geschichte, die wie ein Fluch über der Burg und ihrem scheuen Bewohner Desiderius d'Ascalon liegt.
Auf ihrer Suche nach der Lösung dieses Rätsels findet Emma nicht nur Hinweise auf Hexen und Vampire, sondern auch zu sich selbst - und eine außergewöhnliche Liebe!

Die Kinder des Kain

ISBN 978-3741282225
Was tut ein Vampir nach
fast vierhundert Jahren
Hausarrest?
Er will die Welt sehen!
Emma nimmt Derius mit in
ihre Heimatstadt Mainz,
entgegen aller Bedenken
des mürrischen Burgwarts
Hofmann.
Und tatsächlich wird die
beschauliche Landeshauptstadt mit einem Mal offensichtlich von einem Vampir heimgesucht!
Auch Emma gerät in Gefahr - und damit kommt
der Stein ins Rollen ...
Wie soll Derius den Wolfsberg vor mordlüsternen,
umherziehenden Vampiren schützen? Er muss den
Großmeister der Vampirlogen finden ...
Doch bis sie endlich an ihr Ziel kommen, machen
Emma und er erst noch die Bekanntschaft einiger
besonderer Kinder des Kain - unter ihnen auch die
totgeglaubte Hexe!

Reines Blut

ISBN 978-3743192102
Das mit dem Knoblauch ist, man muss es einmal in aller Deutlichkeit so sagen, bloß ein Gerücht, das sich so hartnäckig hält wie sein Duft und bei echten Vampiren lediglich Heiterkeit auslöst ...

Genau wie Weihwasser - das hat die Vampirin Sarah auch nicht davon abhalten können, fast dreihundert Jahre lang als Nonne in einem Kloster zu leben! Und wenn Sarah sich etwas in den Kopf setzt, dann kann es auch schon passieren, dass ein Vampir wie Caraidland MacLochlan, der sich doch eigentlich gar nichts aus Frauen macht, sich von ihr zu einem äußerst waghalsigen Abenteuer verführen lässt ...

Nicht das einzige für die Ascalons! Die Vampire reisen nach Amerika, wo Rays verschollener Vater vermutet wird, und sie treffen auf wahrhaftige Vaganten, die es auf Emmas Blut abgesehen haben!

Dabei glaubt sie, das größte Abenteuer, das ihr bevorsteht, sei ihre Hochzeit mit Derius ...

Wie wenig ahnt sie, dass der mordlüsterne Corbinian dem Territorium am Wolfsberg immer näher kommt und das Glück zu zerstören droht!